おとぎの世界《せかい》の
どこかにある…

魔法《まほう》のジュエル。
スノークオーツ
タイガーズアイ
オパール
アメジスト

誕生日《たんじょうび》の
おひろめ
ドレス

原作 ポーラ・ハリソン
企画・構成 チーム151E☆

学研

今回《こんかい》は、誕生日《たんじょうび》のドレスを着《き》た写真《しゃしん》が テレビに出《で》るお話《はなし》……！

ミラニア王国《おうこく》の

サマー姫《ひめ》

チャームポイント

風《かぜ》になびく
金色《きんいろ》のロングヘア

ティアラ

アメジストの
ちいさなお花《はな》の
モチーフ

好《す》きなドレス

おしゃれで
動《うご》きやすい
デザイン

小指《こゆび》のジュエル

むらさき色《いろ》の
アメジスト

好《す》きな色《いろ》

真《ま》っ赤《か》な
チェリー色《いろ》

たからもの

虹色《にじいろ》オパールの
ペンダント

性格《せいかく》

自由《じゆう》にのびのびと
すごすのが好《す》き。
まわりに流《なが》されやすい
ところがある

すんでいる国《くに》

ミラニア王国《おうこく》。
赤《あか》い色《いろ》をした
大地《だいち》がある

ペット

オウムの
カンガ

レパリ王国《おうこく》の
マヤ姫《ひめ》
動物《どうぶつ》の世話《せわ》が
得意《とくい》

ダルビア王国《おうこく》の
ロザリンド姫《ひめ》
想像力《そうぞうりょく》ゆたかで
なぞときが好《す》き

リッディングランド王国《おうこく》の
ナッティ姫《ひめ》
明《あか》るくむじゃきで
友《とも》だち思《おも》い

そのほかの登場人物《とうじょうじんぶつ》

リジー

動物《どうぶつ》の
お医者《いしゃ》さん

ビル・フレック

撮影《さつえい》に
やってきた
カメラマン

お父《とう》さま

ハーバート王《おう》。
ミラニア王国《おうこく》
の王《おう》さま

カンガ

サマー姫《ひめ》と
仲《なか》のいいオウム

お母《かあ》さま

ミラニア王国《おうこく》
の王妃《おうひ》さま

決《き》まりごとだからって

むかしながらの
ドレスでなくては
いけないの…？

思《おも》いきって
「ちがう」
「かえたい」って
つたえてみても

いい…？

Mirrania
ミラニア

誕生《たんじょう》日《び》の おひろめ ドレス

誕生日《たんじょうび》のおひろめドレス

もくじ

1

王女《おうじょ》さまの誕生日《たんじょうび》

美《うつく》しい月《つき》が空《そら》にうかぶ静《しず》かな夜《よる》、星《ほし》たちのささやきも、きこえてきます。

ここは、おとぎの世界《せかい》のミラニア王国《おうこく》。

神《かみ》さまが七色《なないろ》の虹《にじ》のふもとにつくったといわれる、ロマンチックな国《くに》です。

やがて金色《きんいろ》の太陽《たいよう》が顔《かお》を出《だ》し、広大《こうだい》な赤土《あかつち》の大地《だいち》やユーカリの森《もり》、不思議《ふしぎ》な岩《いわ》のお城《しろ》を照《て》らしだしていきました。

「ついに、十二《じゅうに》さいなのね」

きょうは、国《くに》にとって特別《とくべつ》な日《ひ》……お城《しろ》でくらす王女《おうじょ》さま、サマー姫《ひめ》の誕生日《たんじょうび》。

ミラニア王国《おうこく》ではこれまで、王女《おうじょ》さまが十二《じゅうに》さいになると、その成長《せいちょう》したすがたを写真《しゃしん》におさめ、テレビでおひろめする、という儀式《ぎしき》がおこなわれてきました。

人《ひと》びとは、美《うつく》しくりっぱに成長《せいちょう》した王女《おうじょ》さまのすがたをみたいと、とても楽《たの》しみにしています。

国《くに》じゅうが期待《きたい》し、興味《きょうみ》しんしんしんなムードでいっぱいでした。

「サマー、どこへいくの？」

お城《しろ》の階段《かいだん》をかけおりていた王女《おうじょ》さまは、お母《かあ》さまによびとめられました。

お母《かあ》さま
サマー姫《ひめ》

かたにはずむ金色《きんいろ》の髪《かみ》に、すんだすみれ色《いろ》のひとみ。

赤《あか》いチェリー色《いろ》のドレスがお気《き》に入《い》りの、この女《おんな》の子《こ》が、サマー姫《ひめ》です。

「ナッティ姫《ひめ》たちが下《した》で待《ま》っているの。これから、森《もり》ですごす約束《やくそく》なのよ」

サマー姫《ひめ》は、うきうきと声《こえ》をはずませます。

きのうの夜《よる》から、ほかの国《くに》の王女《おうじょ》さまが三人《さんにん》、お城《しろ》へとまりにきているのです。

「写真《しゃしん》をとる時間《じかん》を忘《わす》れないようにね」

王妃《おうひ》さまであるお母《かあ》さまが、サマー姫《ひめ》のみだれた髪《かみ》をそっとなおします。

お作法《さほう》にはきびしいけれど、お城《しろ》の用事《ようじ》をてきぱきとこなす、しっかりもののお母《かあ》さまを、サマー姫《ひめ》はおさないころから尊敬《そんけい》してきました。

写真《しゃしん》の撮影《さつえい》は、ミラニア王国《おうこく》に古《ふる》くからつたわる伝統儀式《でんとうぎしき》であるため、お母《かあ》さまは、もうずいぶんまえからはりきっています。

「時間《じかん》になったら、かならずもどるわ、お母《かあ》さま」

かたをすくめて返事《へんじ》をしたサマー姫《ひめ》は、その場《ば》をあとにして急《いそ》ぎました。

階段《かいだん》のいちばん下《した》で待《ま》っているのは、レパリ王国《おうこく》からきたマヤ姫《ひめ》に、ダルビア王国《おうこく》のロザリンド姫《ひめ》、そしてリッディングランド王国《おうこく》のナッティ姫《ひめ》。

サマー姫《ひめ》にはじめてできた、おない年《どし》の王女《おうじょ》さまの仲間《なかま》です。

実《じつ》はこの三人《さんにん》とは、大人《おとな》にはないしょの特別《とくべつ》なきずなで結《むす》ばれています。

……その特別《とくべつ》なきずなとは、世界《せかい》じゅうの王女《おうじょ》さまたちで結成《けっせい》した、ひみつのクラブ活動《かつどう》『ティアラ会《かい》』のメンバーだということ。

サマー姫《ひめ》は、右手《みぎて》の小指《こゆび》にネイルアートした、美《うつく》しいむらさき色《いろ》のアメジストに、そっとふれました。

ハート形《がた》をしたこのジュエル(宝石《ほうせき》)は、ティアラ会《かい》のメンバーであるしるし。

気持《きも》ちの通《かよ》いあった仲間《なかま》どうしなら、どんなにはなれていても、心《こころ》の声《こえ》をつたえあうことができる、魔法《まほう》のジュエルなのです。

「マヤ姫《ひめ》、ロザリンド姫《ひめ》、ナッティ姫《ひめ》。お待《ま》たせ!」

声《こえ》をかけると、三人《さんにん》の王女《おうじょ》さまが、こちらへ顔《かお》を向《む》けました。

マヤ姫《ひめ》

レパリ王国《おうこく》の王女《おうじょ》さま

ハートに
かたどられた
ティアラよ

おしとやかで
はずかしがり
屋《や》さんなの

金色《きんいろ》の
ラインの入《はい》った
ドレス

絶対《ぜったい》に
うそをつかない
正直《しょうじき》な子《こ》よ

長《なが》い三《み》つ編《あ》みを
ゆらして

つややかな黒髪《くろかみ》が
エレガント

小指《こゆび》のジュエルは
あわいブルーの
アクアマリン

まじめで
礼儀正《れいぎただ》しい
しっかりもの

Maya

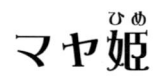

はずかしそうにほほえんで、黒《くろ》い三《み》つ編《あ》みをゆらしているのは、マヤ姫《ひめ》です。

マヤ姫《ひめ》のくらすレパリ王国《おうこく》は、高《たか》くてけわしい山《やま》やまがつらなる北国《きたぐに》で、雲《くも》の上《うえ》にある山《やま》の頂上《ちょうじょう》では、一年《いちねん》じゅう美《うつく》しい雪景色《ゆきげしき》がみられます。

今回《こんかい》とまりにきてくれた三人《さんにん》の王女《おうじょ》さまたちとは、マヤ姫《ひめ》のレパリ王国《おうこく》でひらかれた〝春《はる》のお祭《まつ》り〟で、出会《であ》いました。

仲《なか》よくなったロザリンド姫《ひめ》とナッティ姫《ひめ》に、ティアラ会《かい》のひみつをうちあけられたのも、サマー姫《ひめ》がその仲間《なかま》に入《はい》る誓《ちか》いをしたのも、マヤ姫《ひめ》のお部屋《へや》です。

やさしくて
ちょっぴり
なみだもろいわ

動物《どうぶつ》の
世話《せわ》をするのが
得意《とくい》なの

そして、山《やま》にすむユキヒョウの赤《あか》ちゃんのピンチをすくうため、マヤ姫《ひめ》、ロザリンド姫《ひめ》、ナッティ姫《ひめ》と四人《よにん》で力《ちから》をあわせ、危険《きけん》な岩場《いわば》での大冒険《だいぼうけん》も、のりこえたのでした。

Rozalind
ティアラには
深《ふか》い青色《あおいろ》の
サファイアが！
きらきら光《ひか》る
金色《きんいろ》の
ショートヘア
小指《こゆび》の
ジュエルは
深《ふか》い青色《あおいろ》の
サファイアよ
ナッティ姫《ひめ》とは
つい
はりあっちゃう
ロザリンド姫《ひめ》
ダルビア王国《おうこく》の王女《おうじょ》さま

風《かぜ》にゆれる
くるくるの
巻《ま》き髪《がみ》

ガラス玉《だま》のような
緑色《みどりいろ》の
ひとみ

赤《あか》いお花《はな》の
キュートな
ティアラよ

小指《こゆび》の
ジュエルは
赤《あか》いルビーなの

ナッティ姫《ひめ》

リッディングランド王国《おうこく》の王女《おうじょ》さま

むじゃきで
とっても
友《とも》だち思《おも》い

かしこくて
意見《いけん》を
はっきり
いえるの

お姉《ねえ》さまも
ティアラ会《かい》の
メンバーなの

体《からだ》を
動《うご》かすのが
大好《だいす》き

大人《おとな》びた
ドレスが
よく似合《にあ》う

ミステリーや
なぞときが
大好《だいす》きみたい

Nattie

ドレスのまま、元気《げんき》に側転《そくてん》の練習《れんしゅう》をしながら待《ま》っていた、とってもむじゃきなナッティ姫《ひめ》が声《こえ》をかけてきます。

「サマー姫《ひめ》、もうみんな準備《じゅんび》OK《オーケー》だよ！」

きょうは、写真撮影《しゃしんさつえい》のとき以外《いがい》、お城《しろ》のすぐそばにある森《もり》で、この大好《だいす》きな仲《なか》間《ま》と、誕生日《たんじょうび》をすごせるのです。

ティアラ会《かい》のメンバーになってから、サマー姫《ひめ》はとてもしあわせでした。おなじ王女《おうじょ》という立場《たちば》で話《はなし》をする仲間《なかま》と出会《であ》い、こまったことやなやみを相談《そうだん》できるようになりました。

メンバーは全員《ぜんいん》、サマー姫《ひめ》とおなじ、動物《どうぶつ》や自然《しぜん》を愛《あい》する心《こころ》を持《も》っています。

そして、どんなときも正《ただ》しさをつらぬこうとがんばる、かわいくて、かしこくて、勇気《ゆうき》ある女《おんな》の子《こ》ばかりなのです！


サマー姫《ひめ》は、門《もん》の向《む》こうに広《ひろ》がる森《もり》を指《ゆび》さします。

「あそこにある〝ユーカリの森《もり》〟へいきましょう。国《くに》の神話《しんわ》にも登場《とうじょう》する、カンガルーやポッサム、それからコアラにも会《あ》えるのよ。あ！　そのまえに……」

とってもだいじなことを、思《おも》いだしました。

「みんなに、しょうかいしたい子《こ》がいるの」

サマー姫《ひめ》が空《そら》に向《む》かって「カンガ！」とよぶと、

一羽《いちわ》のオウムが、階段《かいだん》の上《うえ》の段《だん》へとまいおりてきました。

青《あお》と黄色《きいろ》のあざやかなつばさを持《も》ちあげ、くりんとしたひとみでこちらをみおろしています。

「まえにオウムがいるって、いってたね」

王女《おうじょ》さまたちの声《こえ》がはずみました。

「ねえ、オウムなのになぜ〝カンガ〟なの？　カンガルーのような名前《なまえ》ね？」

不思議《ふしぎ》そうにたずねたのは、なぞときが大好《だいす》きなロザリンド姫《ひめ》です。

カンガが、質問《しつもん》にこたえるかのように**ガーッ！**となきました。

それから、ぴょんぴょんぴょんっととびはねて、階段《かいだん》を一段《いちだん》ずつおりてきます。

そのすがたは、まるで、二本足《にほんあし》でとびはねて進《すす》むカンガルーのよう。

「この子《こ》、つばさでとぶかわりに、ときどきこうやってはねるのよ」

どこか得意《とくい》げなカンガの様子《ようす》がおかしくて、王女《おうじょ》さまたちはみんな、大笑《おおわら》い。

「カンガルーみたいにはねるから、カンガなのね。ぴったりな名前《なまえ》だわ！」


カンガがサマー姫《ひめ》のかたへとまり、うれしそうに頭《あたま》をゆらします。

「さあ、準備《じゅんび》はいい？　みんなで森《もり》へ出発《しゅっぱつ》しましょう」

四人《よにん》はお城《しろ》の門《もん》をくぐりぬけ、ユーカリの森《もり》へとくりだしました。

からまったしげみをよけながら進《すす》むと、ユーカリの木《き》が、空《そら》に向《む》かう柱《はしら》のように立《た》ちならび、あたりがすうっとする、さわやかなかおりに、つつまれます。

あわい青緑色《あおみどりいろ》の葉《は》っぱが、サワサワと心地《ここち》よさそうに風《かぜ》にそよぎ、高《たか》い枝《えだ》の上《うえ》では、鳥《とり》たちが **キュワー** とゆかいな声《こえ》でおしゃべりちゅう。

「なんだかわくわくする音《おと》がきこえる」「このミントに似《に》たかおり、好《す》きだわ！」

誕生日《たんじょうび》のおくりもののような、心《こころ》おどるひとときに、サマー姫《ひめ》は、この上《うえ》ないしあわせを感《かん》じていました。

まさかこのあと、ショックなできごとがあるとは、思《おも》いもしないで……。

2

伝統《でんとう》の儀式《ぎしき》

リスに少《すこ》し似《に》たちいさなポッサムが、しげみからピンク色《いろ》の鼻《はな》をのぞかせ、ひげをひくひくふるわせました。

「この子《こ》かわいい！」

ロザリンド姫《ひめ》は気《き》に入《い》ったようです。

「上《うえ》をみて。グレーの体《からだ》をしてるのがコアラよ。背中《せなか》に赤《あか》ちゃんがいるわ」

サマー姫《ひめ》が木《き》の真《ま》ん中《なか》あたりにいる、コアラの親子《おやこ》を指《ゆび》さします。

赤《あか》ちゃんが頭《あたま》をくるっとまわし、王女《おうじょ》さまたちをじいっとみおろしました。

〝ユーカリの森《もり》〟にくらす動物《どうぶつ》たちは、世界的《せかいてき》にとても貴重《きちょう》でめずらしく、ミラニア王国《おうこく》の人《ひと》びとからは〝神《かみ》さまの使《つか》い〟や〝森《もり》の精霊《せいれい》〟などとよばれています。


サマー姫《ひめ》たちが、さらに森《もり》のおくへ進《すす》もうとしたとき。

ブロロロロロ……。

バイクのうなる音《おと》がきこえてきました。

しばらくすると、お城《しろ》のほうから、サマー姫《ひめ》をよぶお母《かあ》さまの声《こえ》もします。

「カメラマンが到着《とうちゃく》したんだわ。もどらないと。誕生日《たんじょうび》の写真撮影《しゃしんさつえい》があるの」

忘《わす》れようとしていた現実《げんじつ》にひきもどされ、サマー姫《ひめ》はため息《いき》をつきました。

「あれ？　どうしたの？」

うかない表情《ひょうじょう》に気《き》づいたロザリンド姫《ひめ》が、心配《しんぱい》そうにたずねます。

「……もしかして、写真《しゃしん》をとられるのがきらいなの？」

「ううん、いつもは気《き》にしないのよ。でも、きょうのは特別《とくべつ》。とった写真《しゃしん》がテレビで放映《ほうえい》されてしまうの」

そういうと、サマー姫《ひめ》はうつむきました。

テレビに写真《しゃしん》が出《で》るなんて、あこがれる女《おんな》の子《こ》はきっと多《おお》いことでしょう。

けれど、サマー姫《ひめ》は、人《ひと》まえで注目《ちゅうもく》されるのが、あまり好《す》きではないのです。

「だいじな伝統儀式《でんとうぎしき》だって、お母《かあ》さまは、はりきっているけれど……」

国《くに》じゅうの人《ひと》びとが、写真《しゃしん》のおひろめを心待《こころま》ちにしているのは知《し》っています。

十二《じゅうに》さいをむかえたのだから、一人《いちにん》まえの王族《おうぞく》として、みんなの期待《きたい》や興味《きょうみ》にこたえるのが、きっと王女《おうじょ》としてのつとめなのでしょう。

でも、お母《かあ》さまにもだれにも話《はな》したことはなかったけれど……。

わたしはまだ、みんなが思《おも》うような
〝りっぱな王女《おうじょ》〟なんかじゃない…

サマー姫《ひめ》は、この儀式《ぎしき》のプレッシャーにおしつぶされそうな気持《きも》ちでいました。

「早《はや》くいらっしゃい、サマー。カメラの準備《じゅんび》が、もうすぐととのうわ」

とうとう、しびれをきらしたお母《かあ》さまが、森《もり》までむかえにきてしまいました。

「みんなは気《き》にしないで、楽《たの》しんでね！」

サマー姫《ひめ》は三人《さんにん》の王女《おうじょ》さまと別《わか》れ、うかない顔《かお》で、お城《しろ》へともどったのでした。


「おおお、サマー姫《ひめ》さま！　お会《あ》いできて光栄《こうえい》です」

撮影《さつえい》する部屋《へや》では、男《おとこ》の人《ひと》が、カメラのレンズをせっせとみがいていました。

「わたしは、カメラマンのビル・フレックと申《もう》します」

ちょうネクタイをしたビル・フレックさんが、うやうやしくあいさつをします。

「大切《たいせつ》な儀式《ぎしき》のお写真《しゃしん》をとらせていただけるとは……長年《ながねん》の夢《ゆめ》がかないました！」

ビル・フレック

心《こころ》からほこらしく思《おも》っているようにみえる、ビル・フレックさん。

反対《はんたい》に、サマー姫《ひめ》の心《こころ》は、ますます重《おも》くなっていきました。

(なるべく何《なに》も考《かんが》えないようにして、早《はや》くおわらせてしまおう)

とにかく、撮影《さつえい》さえすませれば、王女《おうじょ》さまたちと森《もり》であそべる、ということだけをはげみに、カメラのまえへ立《た》ちます。

ところが、「ちょっと待《ま》ってね」と、お母《かあ》さまがほほえんだのです。

「ふふ。王室《おうしつ》にとって重要《じゅうよう》な写真《しゃしん》ですからね、特別《とくべつ》なドレスを用意《ようい》しておいたのよ……今《いま》までの王女《おうじょ》さまも、代《だい》だい、こういうりっぱなドレスを着《き》てきたわ」

お母《かあ》さまが出《だ》してきたドレスに、サマー姫《ひめ》は……心《こころ》の中《なか》で悲鳴《ひめい》をあげました。

うそでしょう？　なんて、ごてごてした
古《ふる》めかしい衣《い》しょうなの……！

ほんとうにこれが〝りっぱ〟といえるのか、うたがいたくなるほどです。

サマー姫《ひめ》はきょうまで、撮影《さつえい》についてなるべく考《かんが》えないようにしていました。

人《ひと》まえで注目《ちゅうもく》されることがいやで、にげたくて、お母《かあ》さまの説明《せつめい》もよくきいてこなかったのですが……それが、まちがいだったのでしょうか。

3

古《ふる》めかしいドレス

「ねえ、このドレスを着《き》たら、わたしじゃないようにみえる気《き》がするの……」

それとなくうったえかけてみますが、お母《かあ》さまにはまったく通《つう》じません。

「そんなことないわ。だいじょうぶよ。あなたのお部屋《へや》で着《き》がえてきなさい」

重《おも》い足《あし》どりでろうかを歩《ある》いていると。

「おや、サマー。誕生日《たんじょうび》だというのに、そんなしずんだ顔《かお》をして」

向《む》こうからやってきたお父《とう》さまが、元気《げんき》づけるようにほほえみかけます。

「撮影《さつえい》の準備《じゅんび》をしているのかい？　楽《たの》しみだ……おや？」

サマー姫《ひめ》の持《も》っている、ごてごてドレスに気《き》づいたのか、まゆがあがりました。

ハーバート王《おう》

お父《とう》さまなら……どうにかしてくれるかもしれません！

「お母《かあ》さまったら、この古《ふる》めかしいドレスに着《き》がえてきなさいっていうの……」

サマー姫《ひめ》は、すがるような気持《きも》ちでみつめますが……。

「うむ……あとで、王妃《おうひ》の考《かんが》えをきいてみることにしようか」

国王《こくおう》であるお父《とう》さまでさえも、今《いま》すぐに解決《かいけつ》するのは、むずかしそうでした。


自分《じぶん》の部屋《へや》で、ドレスにそでを通《とお》すサマー姫《ひめ》の心《こころ》は、ふくざつでした。

（いやだなんて、わがままはいえないわ……これは、決《き》まりごとなんだもの）

そう自分《じぶん》にいいきかせたものの、いざ、鏡《かがみ》のまえに立《た》ってみると……。

まったく、なんて、きみょうなかっこうなのでしょう！
あまりのすがたに、ぞっとしてしまいました。

ずっしり
重《おも》たくて
動《うご》きづらい～

時代《じだい》おくれの
古《ふる》めかしい
デザインだし…

ぎゅうっと
しめつけられて
息《いき》ぐるしい～

オレンジ色《いろ》と
黄緑色《きみどりいろ》の
ぶきみなもよう

ぼんっと
広《ひろ》がりすぎた
おおきな
スカート

まるで
魚《さかな》とりの網《あみ》のような
かたいフリル

すそがちくちく
足《あし》をひっかいて
いたい～

がっちりした
おおきすぎる
王《おう》かん
そでまで
はでな
ストライプ

あわせて用意《ようい》された、白《しろ》いふわふわのうら地《じ》のある赤《あか》いマントは、まだ着《き》てみていませんが、このすがたが放映《ほうえい》されることを想像《そうぞう》すると、頭《あたま》がくらくらします。最悪《さいあく》な誕生日《たんじょうび》に、なってしまいそう。

（……あ！　そうよ。誕生日《たんじょうび》といえば……）

サマー姫《ひめ》は、ふと思《おも》いだし、緑色《みどりいろ》をしたちいさな箱《はこ》を出《だ》してきました。中《なか》には、十二年間大切《じゅうにねんかんたいせつ》にしてきた、たからものが入《はい》っています。

（せめて好《す》きなアクセサリーを身《み》につけて、ゆううつな儀式《ぎしき》をのりこえよう）

そこへ、コンコン　コンコンッとドアをノックする音《おと》がきこえました。

「サマー姫《ひめ》！　わたしたちにも、儀式用《ぎしきよう》のドレスをみせて」

お部屋《へや》へとびこんできたのは、ナッティ姫《ひめ》たちです。

「王妃《おうひ》さまにうかがったのよ。今《いま》、特別《とくべつ》なドレスに着《き》がえて……うわっ」

鏡《かがみ》のまえにいるサマー姫《ひめ》をまじまじとみた三人《さんにん》が、その場《ば》でかたまっています。

目《め》をみはり、どういっていいか、言葉《ことば》にこまっているようです。

「……ひどいドレスでしょう？　まるで、もりつけすぎのフルーツサラダだわ」

サマー姫《ひめ》は、はああ、とおおきくため息《いき》をつきました。


「……ねえ、サマー姫《ひめ》。そのドレスは好《す》きじゃないって、いってみたら？」

マヤ姫《ひめ》のいうとおりなのですが、はりきっているお母《かあ》さまにわるい気《き》もします。

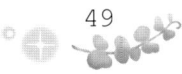

おそらく、これまで決《き》められたドレスをこばんだ王女《おうじょ》はいなかったのでしょう。

それなのに、自分《じぶん》だけ「好《す》きじゃない」といいだすなんて、だいじな伝統《でんとう》をみだす、王女失格《おうじょしっかく》な子《こ》のようにも思《おも》えるのです。

ちょうどそこへ、お母《かあ》さまがあらわれました。

「まあ、サマー！　とってもかわいいわ。予想《よそう》してたとおり、よく似合《にあ》ってる」

満足《まんぞく》そうな様子《ようす》に、どうしていいかわからなくなり、気持《きも》ちのやり場《ば》にこまっていると、「でもね……」と、お母《かあ》さまがつづけたのです。

「残念《ざんねん》なお知《し》らせよ。ビル・フレックさんのカメラが、ここへくるとちゅう、こわれてしまったみたいなの。修理《しゅうり》が必要《ひつよう》で、あしたまで写真《しゃしん》はとれないそうよ」

「ほんとうに？　ああ、よかった……」

思《おも》わず本音《ほんね》がこぼれでて、あわてて口《くち》をおさえますが……もう手《て》おくれです。

お母《かあ》さまがまゆをひそめ、けわしい顔《かお》になりました。

「よかったって、何《なに》が？　どこか問題《もんだい》でもあったの？」

サマー姫《ひめ》は、王女《おうじょ》さまたちの視線《しせん》に背中《せなか》をおされ、おそるおそるきりだします。

「あのね、お母《かあ》さま。やっぱり、このドレスはりっぱすぎる気《き》がして……いつものような、もっと動《うご》きやすいドレスを着《き》られたらなって……」

言葉《ことば》を選《えら》びながら、感《かん》じていることをつたえてみたのですが……。

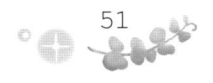

「まあ、だめよ。絶対《ぜったい》にだめ！ いつものでは、ふだん着《ぎ》のようにみえてしまうわ。ミラニア王国《おうこく》の重要《じゅうよう》な儀式《ぎしき》なのよ。あなただってわかっているでしょう？」

そういわれると、「はい……」と、うなずくしかありませんでした。

お母《かあ》さまが、サマー姫《ひめ》のぬいだ儀式用《ぎしきよう》ドレスをていねいにクロゼットにかけ、部屋《へや》を出《で》ていくと、ナッティ姫《ひめ》たちが気《き》の毒《どく》そうに声《こえ》をかけてきました。

「好《す》きなドレスが着《き》られるように、わたしたちが手伝《てつだ》おうか？ あのドレスをどこかにかくしちゃうとか……」

サマー姫《ひめ》は弱《よわ》よわしくほほえみ、首《くび》を横《よこ》にふります。

「みんなありがとう。とってもやさしいのね。でも……むかしからうけつがれてきた伝統《でんとう》だし、決《き》まりごとだから、破《やぶ》ってはいけないと思《おも》うの……」

あきらめているサマー姫《ひめ》の気《き》を、まぎらわせようとしてくれたのか、マヤ姫《ひめ》が、

「あら？　この緑色《みどりいろ》の箱《はこ》には、何《なに》が入《はい》っているの？」

といって、先《さき》ほどサマー姫《ひめ》が出《だ》してきた、たからものの箱《はこ》を手《て》にとりました。

ふたをあけると、中《なか》には細《ほそ》い金《きん》のくさりがついた美《うつく》しいペンダント。

〝オパール〟という、白《しろ》いミルク色《いろ》のジュエル(宝石《ほうせき》)がかがやいています。

オパールは、みる角度《かくど》によって、赤色《あかいろ》や青色《あおいろ》、緑色《みどりいろ》、むらさき色《いろ》……七色《なないろ》の光《ひかり》が、ミルク色《いろ》の石《いし》の中《なか》でちらちらとおどりだす、幻想的《げんそうてき》なジュエルです。

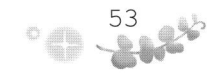

「虹《にじ》色《いろ》オパールって
よんでいるの」

サマー姫《ひめ》は、うっとりと、ペンダントを手《て》でつつむように、持《も》ちあげました。

「わたしが生《う》まれたとき、父《ちち》が、国《くに》でいちばんの宝石職人《ほうせきしょくにん》につくらせたものなの。大切《たいせつ》な、たからものよ。オパールには、おなじものはふたつとないわ」

雨《あめ》あがりの空《そら》にかかる、虹《にじ》のかけらをとじこめたような、不思議《ふしぎ》な美《うつく》しさです。

「オパールは、ミラニア王国《おうこく》では、神秘《しんぴ》のジュエルとされていてね」

サマー姫《ひめ》は、虹色《にじいろ》オパールを首《くび》にかざるとつづけます。

「虹《にじ》が大地《だいち》にふれたとき生《う》まれる、というロマンチックな伝説《でんせつ》もあるのよ」

世界《せかい》にたったひとつしかない、特別《とくべつ》なオパールを身《み》につけると、心《こころ》がすうっとはれたような気《き》がしました。

コツコツ、とまどをつつく音《おと》がきこえて、ガラスの向《む》こうに、あざやかなつばさを広《ひろ》げたカンガがあらわれました。

「カンガ！　ユーカリの森《もり》へもどろうって、よびにきてくれたの？」

サマー姫《ひめ》がまどをあけると、カンガは、その手《て》をちょん、とつつきます。

「そのしぐさはイエスの意味《いみ》だよね？　いいわ！　もう一度《いちど》、森《もり》へいこうよ」

ナッティ姫《ひめ》が、カンガの合図《あいず》に元気《げんき》な返事《へんじ》をしています。

王女《おうじょ》さまたちは、風《かぜ》のふきわたる森《もり》へとかけだしました。

自然《しぜん》と笑顔《えがお》になったサマー姫《ひめ》の首《くび》もとで、虹色《にじいろ》オパールがおどっています。

4

ユーカリの森《もり》で

枝《えだ》の間《あいだ》を風《かぜ》が通《とお》りぬけ、木《き》ぎがサワサワとささやいています。

ロザリンド姫《ひめ》の足《あし》もとのしげみが、ガサガサッと音《おと》を立《た》てて、ゆれました。

「あら？　ポッサムかしら？」

葉《は》っぱの間《あいだ》から、グレーのふわふわした耳《みみ》が、ちょこんとみえています。

サマー姫《ひめ》は首《くび》を横《よこ》にふりました。

「ちがうわ……この耳《みみ》は」

「コアラの赤《あか》ちゃんよ！」

少《すこ》しおびえたような顔《かお》でみあげているのは、先《さき》ほど四人《よにん》が森《もり》へきたとき、お母《かあ》さんコアラの背中《せなか》にいた、赤《あか》ちゃんのようです。

「ひとりで、ここまでやってきたのかしら？」

手《て》をのばすと、赤《あか》ちゃんは、ちぢみあがっています。

「お母《かあ》さんのすがたがみあたらない……こんなにちいさな赤《あか》ちゃんが、お母《かあ》さんとはなればなれになるなんて、よくないわ」

コアラの赤《あか》ちゃんは、自分《じぶん》で木《き》のぼりができるようになるまで、お母《かあ》さんコアラの背中《せなか》にしがみついて、くらすものなのです。

ナッティ姫《ひめ》の緑色《みどりいろ》のひとみが、きらんとかがやきました。

「ねえ、ティアラ会《かい》でこの子《こ》のお母《かあ》さんをみつけてあげようよ。マヤ姫《ひめ》、わたしたちがお母《かあ》さんをさがしにいく間《あいだ》、赤《あか》ちゃんとここで待《ま》っていてくれる？」

こわがっている様子《ようす》の赤《あか》ちゃんコアラに、動物《どうぶつ》の世話《せわ》をするのが得意《とくい》なマヤ姫《ひめ》が、やさしく声《こえ》をかけています。

サマー姫《ひめ》たちは、お母《かあ》さんコアラをさがしはじめますが……近《ちか》くの木《き》の上《うえ》にも、しげみの中《なか》にも、すがたはありません。

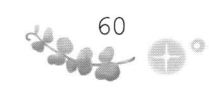

カンガも、木《き》から木《き》へとんで、王女《おうじょ》さまたちの手伝《てつだ》いをしていました。

（赤《あか》ちゃんがひとりぼっちでいるなんて、ほんとうにめずらしいわ。お母《かあ》さんコアラは、さっきのバイクの音《おと》におどろいて、かくれてしまったのかしら？）

ユーカリのみきに黒《くろ》いかげがみえたので、えいっとのぼって、確《たし》かめてみます。

……でも残念《ざんねん》なことに、コアラだと思《おも》ったかげは、ただの木《き》のこぶでした。

お城《しろ》のほうから、お母《かあ》さまのよぶ声《こえ》がきこえてきました。

「みなさん～、ランチのお時間《じかん》ですよ」

くしゅんっ

赤《あか》ちゃんが、ちいさなくしゃみをしました。

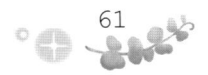

「ふふっ。くしゃみまで、かわいいんだね」

ナッティ姫《ひめ》がほほえむと、ロザリンド姫《ひめ》が心配《しんぱい》そうにいいます。

「みんな。この子《こ》を、このままひとりぼっちにしておくのは危険《きけん》だと思《おも》うの。お城《しろ》へつれていって、ランチのあとでもう一度《いちど》、お母《かあ》さんをさがしにきましょうよ」

みんなも、ロザリンド姫《ひめ》の意見《いけん》に賛成《さんせい》です。

サマー姫《ひめ》は赤《あか》ちゃんをだきあげ、いっしょにお城《しろ》へ向《む》かいました。


ランチのテーブルで食事《しょくじ》をする、サマー姫《ひめ》のひざの上《うえ》に、赤《あか》ちゃんコアラは、ちょこんと、おとなしくすわっています。

お父《とう》さまが、この子《こ》を特別《とくべつ》ゲストとして、ダイニングルームへつれてくるのをゆるしてくれたのです。

「だがな、サマー。なるべく早《はや》く、その子《こ》を母親《ははおや》のもとへ帰《かえ》してあげなさい」

お父《とう》さまは、おだやかな口調《くちょう》で、さとすようにつづけました。

「コアラの赤《あか》ちゃんは野生《やせい》の動物《どうぶつ》であって、家《いえ》のペットとはちがうのだからね」

デザートのチェリーパイをいただこうとしていたサマー姫《ひめ》は、スプーンでカスタードクリームをすくいながら、こたえます。

「もちろん、そのつもりよ。デザートがおわったら、お母《かあ》さんコアラをさがしにいくわ……あ！　こら、だめよ」

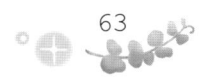

赤《あか》ちゃんコアラが身《み》をのりだして、スプーンにもられたカスタードクリームを、なめようとしたのです。

コアラの主《おも》な食《た》べものは、ユーカリの葉《は》っぱなのですが……好奇心《こうきしん》いっぱいの赤《あか》ちゃんは、食《た》べたそうに舌《した》を出《だ》し、口《くち》をピチャピチャとなめています。

その様子《ようす》がなんだかおかしくて、王女《おうじょ》さまたちもお父《とう》さまも大笑《おおわら》い。

ランチをおえて森《もり》へ向《む》かうとちゅう、ロザリンド姫《ひめ》が、ひらめきました。

「ねえ、この子《こ》の名前《なまえ》〝カスタード〟はどう？」

なんてユーモアのある、かわいい名前《なまえ》でしょう！

森《もり》へもどった四人《よにん》は、こうたいでカスタードをだっこしながら、ふたたびお母《かあ》さんコアラをさがしますが……なかなか手《て》がかりはつかめません。

（どうしよう。もっと森《もり》のおくへいってしまったのかしら……そうだわ！）

「ねえ、心《こころ》あたりがあるの。もう一《いっ》か所《しょ》だけ、さがしにいきましょう」

サマー姫《ひめ》はみんなをつれて、谷《たに》になっているしゃ面《めん》をくだっていきました。

サラサラ　サラサラサラ……。
せせらぎがきこえ、あたりがすずしくなってきます。
谷《たに》の底《そこ》には、清《きよ》らかな小川《おがわ》が流《なが》れていました。

「虹《にじ》の小川《おがわ》よ」

「虹《にじ》の小川《おがわ》って名前《なまえ》……サマー姫《ひめ》のオパールとおなじで、虹《にじ》がつくのね」

マヤ姫《ひめ》の言葉《ことば》に、サマー姫《ひめ》はうなずきます。

「この小川《おがわ》は、虹色《にじいろ》オパールが発見《はっけん》された場所《ばしょ》なの」

ペンダントのオパールを太陽《たいよう》の光《ひかり》にかざすと、赤色《あかいろ》・オレンジ色《いろ》・黄色《きいろ》・緑色《みどりいろ》・青色《あおいろ》・あい色《いろ》にむらさき色《いろ》……七《なな》つの色《いろ》が、おどっているようにみえました。

「わたしが生《う》まれた十二年《じゅうにねん》まえ、この虹《にじ》の小川《おがわ》の底《そこ》からすくわれて、ペンダントになったそうよ」

ねむっていたカスタードも目《め》をさまし、虹《にじ》の小川《おがわ》をじいっとみつめています。

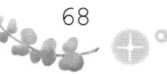

それから　くしゅんっと、また、くしゃみをしました。

結局《けっきょく》、この虹《にじ》の小川《おがわ》にも、お母《かあ》さんコアラはいませんでした。

「かわいそうなカスタード……元気《げんき》がないわ。きっと、おなかがすいたのね」

だっこしていたナッティ姫《ひめ》が、いたわるように、ふわふわの頭《あたま》をなでています。

「ねえ……ちょっと待《ま》って」

カスタードをみていたマヤ姫《ひめ》が、何《なに》か様子《ようす》がおかしいことに気《き》づいたようです。

グレーのちいさな体《からだ》が、ぶるぶると、こきざみにふるえているのです。

「この子《こ》、具合《ぐあい》がわるいのよ！　だから、くしゃみをして元気《げんき》がないんだわ」

おどろいたサマー姫《ひめ》たちは、おおあわてで、お城《しろ》へとかけもどりました。

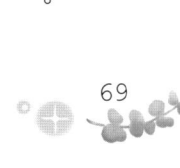

「お母《かあ》さま、お母《かあ》さま！　助《たす》けて」

階段《かいだん》の下《した》からさけぶと、お母《かあ》さまがまゆをひそめながら、おりてきました。

「なにごと？　王女《おうじょ》が、そんなにおおきな声《こえ》を出《だ》して。はしたないわよ」

サマー姫《ひめ》は、ナッティ姫《ひめ》からカスタードをうけとり、森《もり》での様子《ようす》をつたえます。

とたんに、お母《かあ》さまは深刻《しんこく》な顔《かお》をして、いったのです。

「お母《かあ》さんコアラとはぐれたのは、病気《びょうき》のせいだったのね。きっと背中《せなか》につかまる力《ちから》が入《はい》らなくて、とりのこされてしまったのよ……このままでは、まずいわ」

サマー姫《ひめ》の心《こころ》にざわざわと風《かぜ》がふき、不安《ふあん》のかげがさしたのでした。

5

空《そら》とぶ獣医《じゅうい》

すぐに、お母《かあ》さまがお父《とう》さまをよび、てきぱきと説明《せつめい》しました。

「ハーバート、病気《びょうき》のコアラにお薬《くすり》が必要《ひつよう》なの。すぐに〝空《そら》とぶ獣医《じゅうい》〟をよんでくださる？」

〝空《そら》とぶ獣医《じゅうい》〟とは、ヘリコプターや飛行機《ひこうき》にのって、遠《とお》くはなれた動物病《どうぶつびょう》院《いん》からかけつけてくれる、動物《どうぶつ》のお医《い》者《しゃ》さんのことです。

ミラニア王国《おうこく》はとても広《ひろ》いため、車《くるま》で移動《いどう》していては時間《じかん》がかかりすぎるのです。お父《とう》さまが空《そら》とぶ獣医《じゅうい》に連絡《れんらく》をしてくれている間《あいだ》、サマー姫《ひめ》たちは、カスタードをキッチンへつれていきます。

「ミルクをあげたら、少《すこ》しよくなるかもしれない。でも、どうやって飲《の》ませよう」

なやんでいると、コックが、ほにゅうびんを持《も》ってきてくれました。

「これを使《つか》ってみては、いかがですか？　去年《きょねん》、お母《かあ》さんのふくろから落《お》ちてしまった赤《あか》ちゃんカンガルーを保護《ほご》したとき、役立《やくだ》ったんです」

マヤ姫《ひめ》が、ほにゅうびんのミルクをあたためて、カスタードに飲《の》ませています。赤《あか》ちゃんの世話《せわ》をするのも、得意《とくい》なのです。

「がんばって。これを飲《の》んだら、元気《げんき》になるからね」

けれど、カスタードはつらそうな顔《かお》をして、ぶるぶるとふるえるばかり。

「ああ、早《はや》く空《そら》とぶ獣医《じゅうい》がこないかしら」

「外《そと》へ出《で》て、到着《とうちゃく》を待《ま》ちましょうよ」

四人《よにん》が階段《かいだん》にすわり、空《そら》をみあげていると、遠《とお》くから音《おと》が近《ちか》づいてきました。

バラバラバラバラバラバラ……

おおきなうなり声《ごえ》をあげ、緑色《みどりいろ》のヘリコプターが、お城《しろ》のそばへ着陸《ちゃくりく》します。

リジー

「こんにちは。リジーといいます。その子《こ》が病気《びょうき》のコアラですね」

緑色《みどりいろ》のT《ティー》シャツに十字形《じゅうじがた》の黄色《きいろ》いバッジをつけたこの女性《じょせい》が、空《そら》とぶ獣医《じゅうい》です。

お城《しろ》へ入《はい》るとすぐに、カスタードの診察《しんさつ》がはじまりました。

口《くち》や耳《みみ》の中《なか》を念入《ねんい》りに調《しら》べ、ちょうしん器《き》でむねの音《おと》をきいています。

サマー姫《ひめ》たちはドキドキしながら、その様子《ようす》をみまもりました。

……やがて。

診察《しんさつ》をおえたリジーさんが、首《くび》を横《よこ》にふったのです。

「お気《き》の毒《どく》ですが、これはかんたんになおる病気《びょうき》ではありません」

カスタードの頭《あたま》をよしよし、となでて、ため息《いき》をつきました。

「ミルクにまぜる薬《くすり》を出《だ》しておきますね。体力《たいりょく》を回復《かいふく》させる効果《こうか》はあるでしょう」

リジーさんは、黄色《きいろ》い液体《えきたい》の入《はい》っている、ちいさなボトルをテーブルにおくと、黒《くろ》いかばんをかたにかけて、立《た》ちあがりました。

「残念《ざんねん》ながら、今《いま》すぐに病気《びょうき》をなおす薬《くすり》はありません。とにかく安静《あんせい》にしていてください。わたしは王《おう》さまと王妃《おうひ》さまにお話《はなし》がありますので、これで失礼《しつれい》します」

「……獣医《じゅうい》さんって、もっと手《て》をつくして助《たす》けてくれるのかと思《おも》っていたわ」

リジーさんがいなくなったあと、サマー姫《ひめ》はがっかりしてつぶやきました。

「この子《こ》の具合《ぐあい》をよくするために、何《なに》かほかにもできることがあればいいのに」

四人《よにん》が、カスタードに薬《くすり》を飲《の》ませていると……。

「サマー、いい知《し》らせよ」

お母《かあ》さまが足早《あしばや》にやってきました。

「カメラがなおって、ビル・フレックさんがもどってきたの。急《いそ》げば、ディナーのまえにおわらせることができるわよ！」

サマー姫《ひめ》は、思《おも》わず顔《かお》をくもらせます。

「……今《いま》は、カスタードの世話《せわ》でいそがしいの。撮影《さつえい》はあしたにしたいな……」

けれど、お母《かあ》さまはぴしゃりといいはなちました。

「何《なに》をいっているの？　あなたは王女《おうじょ》よ。まず優先《ゆうせん》すべきことを考《かんが》えなさい！」

しかられたサマー姫《ひめ》は部屋《へや》へもどり、しぶしぶ儀式用《ぎしきよう》ドレスに着《き》がえます。

（撮影《さつえい》なんて気分《きぶん》じゃないのに！　カスタードのかんびょうより、王室《おうしつ》の儀式《ぎしき》のほうがだいじだなんて……。それにしてもこれ、〝恐怖《きょうふ》ドレス〟だわ！）

納得《なっとく》できない気持《きも》ちをかかえたまま、撮影《さつえい》の部屋《へや》へいくと……。

「はて、どこへいったんでしょう……たしかに、ここにセットしたのですが」

なにやら、ビル・フレックさんが、頭《あたま》をかかえているではありませんか。

ナッティ姫《ひめ》たちが目《め》くばせをして、にやにやと説明《せつめい》をしてくれました。

「今度《こんど》はね、三《さん》きゃくが、みあたらないんですって」

きょろきょろみまわすと、カーテンのうしろに、あやしいふくらみがあります。

どうやら、王女《おうじょ》さまたちが、カメラをのせる三《さん》きゃくをかくしたようです。

首《くび》をかしげながら外《そと》までさがしにいったビル・フレックさんに、申《もう》しわけないと感《かん》じながらも、サマー姫《ひめ》は心《こころ》でほっとしていました。

「撮影《さつえい》はうまくいっているかね？」

様子《ようす》をみにきたお父《とう》さまが、ドレスにちらりと目《め》をやり、お母《かあ》さまにいいます。

「あ～……いとしい王妃《おうひ》よ。いくら儀式《ぎしき》の写真《しゃしん》とはいえ、このドレスはなんというか、その、サマーにはりっぱすぎないかい？　ふだんどおりでもいいんだよ」

（そうよ、お母《かあ》さまも気《き》づいて）と期待《きたい》のまなざしで、反応《はんのう》を待《ま》ちますが……。

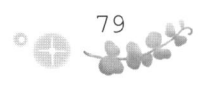

「あら、どうみてもドレスは完《かん》ぺきよ？　王室《おうしつ》の重要《じゅうよう》な儀式《ぎしき》ですもの。代《だい》だいの写真《しゃしん》の中《なか》で、サマーのがいちばんりっぱにみえるように選《えら》んだのよ」

お母《かあ》さまはきっぱりいうと、ビル・フレックさんの様子《ようす》をみに出《で》ていきました。

（お父《とう》さまがいってもだめなら、もう、ドレスをかえることはできないわ）

がっくりと、かたを落《お》としたサマー姫《ひめ》は、その場《ば》にすわりこみます。

「おや？　サマー。虹色《にじいろ》オパールをつけてくれているんだね」

ペンダントに気《き》づいたお父《とう》さまが、うれしそうにほほえみました。

「十二年《じゅうにねん》まえを思《おも》いだすなあ。そのオパールには、おもしろい話《はなし》があるのだよ」

なつかしそうに目《め》を細《ほそ》めたお父《とう》さまが、歌《うた》うように語《かた》ります。

この虹色《にじいろ》の宝石《ほうせき》は、
空《そら》からのおくりもの。
ふるさとの水《みず》にひたされたとき、
そのいやしのパワーがはなたれるだろう。

「サマーが生《う》まれた日《ひ》、虹《にじ》の小川《おがわ》で、かしこい男《おとこ》が川底《かわぞこ》からオパールをすくいあげ、そうつぶやいたそうだよ。宝石職人《ほうせきしょくにん》にきいたんだが、なかなか興味深《きょうみぶか》いだろう？」

お父《とう》さまの話《はなし》に、王女《おうじょ》さまたちは、うっとりときいっています。

「サマー、よくおぼえておきなさい。ほんとうに美《うつく》しいものというのはね、みえない内《うち》がわにこそ、強《つよ》いパワーを持《も》っているものなんだよ」

お父《とう》さまが部屋《へや》を出《で》ていき、大人《おとな》たちがだれもいなくなると、サマー姫《ひめ》は興奮《こうふん》気味《ぎみ》にみんなのほうへふりかえりました。

「カスタードを助《たす》ける方法《ほうほう》がわかったわ。虹色《にじいろ》オパールの、いやしのパワーよ！」

6

虹色《にじいろ》オパール

「いやし」とは、具合《ぐあい》がわるいのをやわらげ、なおすこと。

お父《とう》さまの話《はなし》のとおり、虹色《にじいろ》オパールが、いやしのパワーをはなてば、カスタードを助《たす》けられるかもしれません。

「すぐに、虹《にじ》の小川《おがわ》へ向《む》かいましょう。大人《おとな》たちがもどってくるまえに」

四人《よにん》はみつからないよう、庭《にわ》へつづくまどから、そっとぬけだすことに。

ナッティ姫《ひめ》、ロザリンド姫《ひめ》、カスタードをだいたマヤ姫《ひめ》が外《そと》へ出《で》ます。

サマー姫《ひめ》は、かくしたカメラの三《さん》きゃくを思《おも》いだし、ソファーの横《よこ》へもどしますが、ドアの向《む》こうで大人《おとな》たちの声《こえ》がして、あわててまどからとびだしました。

「あら、おかしいわね？　あの子《こ》たち、どこへいったのかしら？」

「なあに、すぐもどるだろう。いとしい王妃《おうひ》よ、お茶《ちゃ》でも飲《の》んで待《ま》つとしよう」

サマー姫《ひめ》がまどのそばにかくれてきいていると……次《つぎ》に耳《みみ》にとびこんできたのは、お母《かあ》さまの、ショックな言葉《ことば》でした。

「ああ、それにしても、空《そら》とぶ獣医《じゅうい》でもすくえない重病《じゅうびょう》とは、かわいそうなコアラの子《こ》ね。きょうの夜《よる》を無事《ぶじ》にのりきれなければ、命《いのち》があぶないなんて……」

（……まさか！　カスタードの病気《びょうき》が、そんなに重《おも》いものだったなんて。リジーさんは、わたしたちに、ほんとうのところまでは話《はな》してなかったんだわ）

いつのまにか、空《そら》には黒《くろ》い雨雲《あまぐも》が立《た》ちこめていました。
マヤ姫《ひめ》のうでにだかれたカスタードが、クンクンと悲《かな》しそうにないています。
ピカッ　ゴロゴロゴロ……。
青白《あおじろ》い稲光《いなびかり》が雨雲《あまぐも》をきりさき、つめたい雨《あめ》がサマー姫《ひめ》のほおにうちつけます。
「急《いそ》がなきゃ。この子《こ》にはもう時間《じかん》がないの……早《はや》く助《たす》けないと死《し》んじゃう！」
王女《おうじょ》さまたちは、無我夢中《むがむちゅう》で、水《みず》びたしの森《もり》へかけだしました。

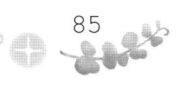

つばさのぬれたカンガが、木《き》から木《き》へとわたっていきます。

ナッティ姫《ひめ》が、地面《じめん》にうちつける雨音《あまおと》に負《ま》けないよう、おおきな声《こえ》でさけびました。

「ねえ！　雨《あめ》が強《つよ》すぎるわ。小《こ》ぶりになるまで少《すこ》し、雨《あま》やどりしようよ！　落《お》ちついたら、すぐに出発《しゅっぱつ》よ」

　ふりしきる雨《あめ》で、あたりは白《しろ》くかすみ、地面《じめん》の水《みず》たまりは、波《なみ》の輪《わ》をえがきながら広《ひろ》がっていきます。

やがて雨《あめ》の勢《いきお》いが弱《よわ》まり、四人《よにん》はふたたび、虹《にじ》の小川《おがわ》をめざしました。

ドレスの重《おも》さに、足《あし》がもつれてうまく走《はし》れず、気持《きも》ちばかりがあせります。

ようやく小川《おがわ》のある谷《たに》へたどりついたころには、もう夕方《ゆうがた》で、森《もり》をおおうかげの色《いろ》が、暗《くら》くこくく、ぶきみにゆれていました。

サマー姫《ひめ》は、すべらないようしんちょうに、小川《おがわ》へのしゃ面《めん》をくだりますが、

「あ！」

ドレスのすそがからまり、ずるっと足《あし》をすべらせてしまいました。

バランスをくずしたひょうしに、すそのフリルが野《の》バラにひっかかります。

サマー姫《ひめ》は、フリルが破《やぶ》れるのもかまわず、思《おも》いきりひっぱりました。

だいじな儀式用《ぎしきよう》ドレスは、すでに、どろだらけです。

はげしくふった雨《あめ》のせいで、小川《おがわ》の流《なが》れははやく、水《みず》かさもましていました。

サマー姫《ひめ》はペンダントのくさりを持《も》って、岸《きし》べにかがむと、ゴウゴウとうずまく流《なが》れの上《うえ》へ身《み》をのりだし、うでをのばして虹色《にじいろ》オパールを水面《すいめん》へたらします。

ミルク色《いろ》の石《いし》の中《なか》でちらちらおどる虹《にじ》の色《いろ》をみつめ、祈《いの》るようにさけびました。

「いやしのパワーよ、めざめよ！ カスタードの命《いのち》をすくうの……！」

虹色《にじいろ》オパールが小川《おがわ》の水《みず》にひたされる……まさにそのとき、ビュウウッ。

急《きゅう》に強《つよ》い風《かぜ》がふきつけて、サマー姫《ひめ》は、ぐらっとよろめきました。

「やだ……もどってきて！」

あわてて宙《ちゅう》をつかみますが……まにあいません。

風《かぜ》におされたひょうしに、虹色《にじいろ》オパールを小川《おがわ》へ落《お》としてしまったのです。

「あぶないわ、サマー姫《ひめ》！」

はげしい流《なが》れの中《なか》にうでを入《い》れたサマー姫《ひめ》を、ロザリンド姫《ひめ》がとめます。

オパールはどこかへしずんだまま……パワーがめざめる様子《ようす》もありません。

ひとみからあふれでるなみだが、ポタンと小川《おがわ》の中《なか》へすいこまれていきました。

「みんな、たいへん！　カスタードの体《からだ》のふるえがひどくなっているわ！」

落《お》ちこむサマー姫《ひめ》においうちをかけるように、マヤ姫《ひめ》のせっぱつまった声《こえ》がとんできます。

「外《そと》につれだしちゃいけなかったのよ……お城《しろ》へもどって、安静《あんせい》にしなくては」

たからものの虹色《にじいろ》オパールも失《うしな》い、いやしのパワーがはなたれることもない。

それどころか、カスタードの命《いのち》をけずることになってしまったなんて。

（大失敗《だいしっぱい》よ。全部《ぜんぶ》わたしのせいだわ……いったい何《なに》をしているのかしら……）

ふたたびザーッとふりだしたするどい雨《あめ》が、サマー姫《ひめ》の体《からだ》につきささりました。

7

ドレスはだいなし

サマー姫《ひめ》のオレンジ色《いろ》と黄緑色《きみどりいろ》のドレスは、今《いま》では茶色《ちゃいろ》くなり、フリルもむざんに破《やぶ》れていました。

急《いそ》いでお城《しろ》へもどると……。

「サマー！　何《なに》をしていたんです」

お母《かあ》さまが、青《あお》ざめた顔《かお》でかけよってきます。

「撮影《さつえい》をほったらかして、どこへいっていたの？　まあ、ドレスが……！」

お母《かあ》さまの声《こえ》は、ショックのあまりふるえていました。

「なんてこと！　残念《ざんねん》よ……あなたならもっと気《き》をつけてくれると思《おも》ってたのに。このドレスでの撮影《さつえい》にどれだけ力《ちから》をそそいでいたか……わかっていなかったの？」

カスタードのことで頭《あたま》がいっぱいになり、よく考《かんが》えずとびだしてしまいましたが……とんでもないことをしでかしたのだと、サマー姫《ひめ》はようやく気《き》づきました。

(一生《いっしょう》けんめい準備《じゅんび》してくれたお母《かあ》さまの思《おも》いを、ふみにじってしまったんだ)

自分《じぶん》の行動《こうどう》が、こんなにもお母《かあ》さまをがっかりさせてしまうなんて……申《もう》しわけなくて、まともに顔《かお》をみることができません。

うつむくサマー姫《ひめ》に、お母《かあ》さまから言葉《ことば》がかかります。

「……ほら、みんな早《はや》く着《き》がえて。かぜをひかないよう、髪《かみ》もかわかしなさい」

四人《よにん》が部屋《へや》で着《き》がえてもどると、だんろには火《ひ》がともり、タオルにくるまれて安心《あんしん》したようにねむるカスタードのすがたがありました。

「お母《かあ》さま……ごめんなさい」

お母《かあ》さまの用意《ようい》してくれた、あたたかいトマトスープとバターロールを飲《の》みこむと、なみだの味《あじ》がしました。

その夜《よる》、ベッドに入《はい》ったサマー姫《ひめ》は、きょうの大失敗《だいしっぱい》を思《おも》いかえしていました。

王女《おうじょ》として、儀式《ぎしき》がどれほど大切《たいせつ》なつとめか、頭《あたま》ではわかっていました。

でも、人《ひと》まえで注目《ちゅうもく》されるのにも、決《き》められたドレスにも、ていこうがあり、心《こころ》がついていけてなかったのです。

気《き》に入《い》らないドレスをいやいやながらも着《き》て、ただ決《き》まりごとをこなそうとしているだけ……人《ひと》まかせに流《なが》され、儀式《ぎしき》をおこなう意味《いみ》も考《かんが》えていませんでした。

（……十二《じゅに》さいのおひろめの目的《もくてき》は、何《なに》か……あらためて考《かんが》えてみよう。そうすれば、ドレスのこともどうすればいいか、わかるかもしれない）

そばでは、ちいさなカスタードの、くるしそうな息《いき》づかいがきこえます。

（ドレスのことも、カスタードのことも、急《いそ》いで解決《かいけつ》しなくては……）

真夜中《まよなか》をすぎたころ。

ふいに、名前《なまえ》をよばれた気《き》がして、サマー姫《ひめ》は起《お》きあがりました。

「サマー姫《ひめ》。
起《お》こしてごめんなさい」

いつのまにか、ベッドのわきに、
ねまきすがたのロザリンド姫《ひめ》がすわっています。
まどの外《そと》では、おおきな三日月《みかづき》が夜空《よぞら》を照《て》らしていました。
「わたし、気《き》づいたの。ねえ……今《いま》から、虹《にじ》の小川《おがわ》へいってみない？」
だいたんな提案《ていあん》におどろいていると、
ロザリンド姫《ひめ》の青《あお》いひとみが、きらりとかがやきます。

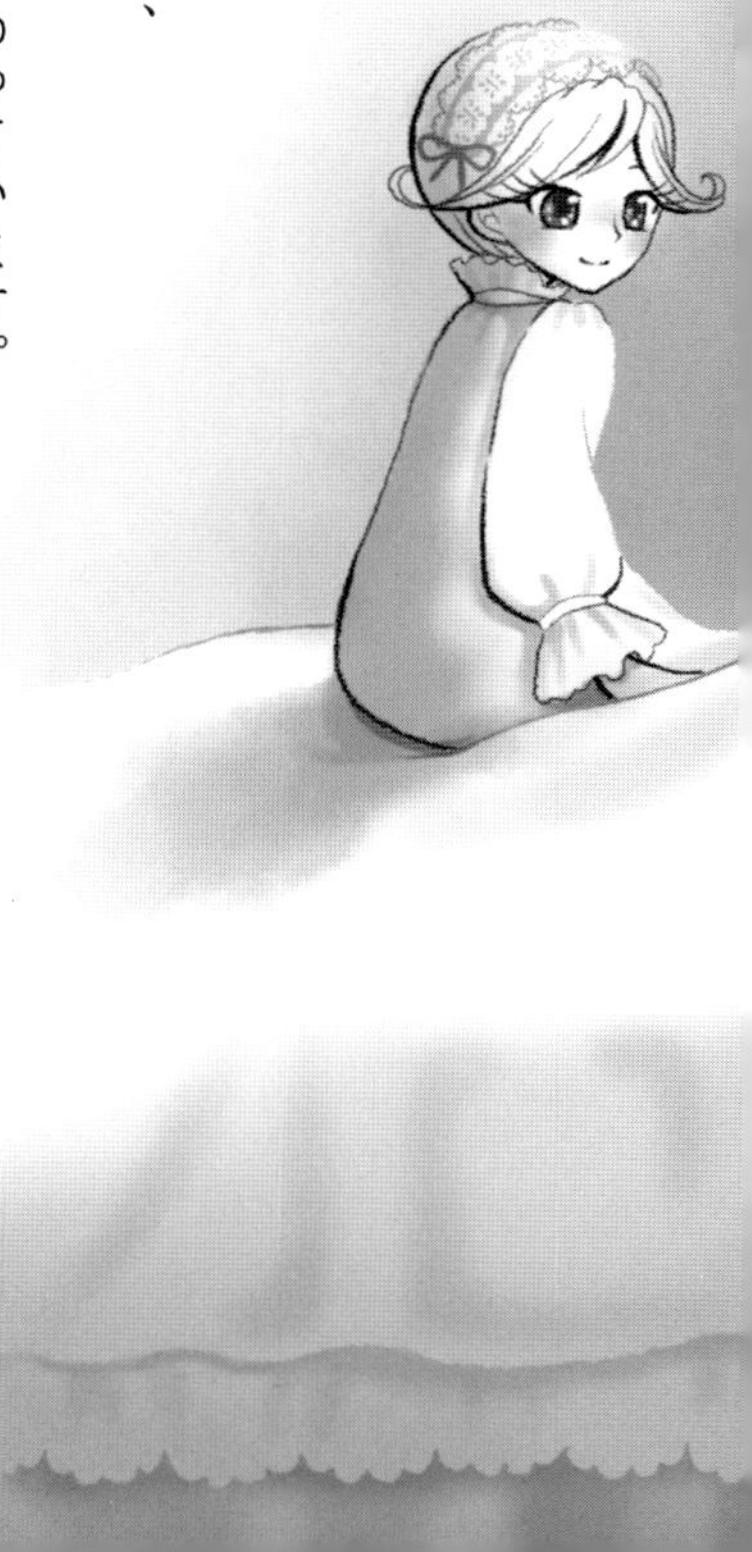

「わたしたち、虹色《にじいろ》オパールを小川《おがわ》の水《みず》にひたしたらすぐに、いやしのパワーがはなたれると期待《きたい》していたわ。でも、その思《おも》いこみがちがっていたとしたら？」

サマー姫《ひめ》は、虹《にじ》の小川《おがわ》でのことをふりかえってみました。

「虹色《にじいろ》オパールのパワーには、もっと時間《じかん》が必要《ひつよう》だったのかもしれない」

ロザリンド姫《ひめ》のこの考《かんが》えが正《ただ》しければ……今《いま》ごろ、小川《おがわ》の中《なか》で、オパールのパワーがめざめているかもしれないのです。

「まさか……水《みず》に入《い》れてから時間《じかん》がかかるなんて、考《かんが》えてもみなかったわ！」

サマー姫《ひめ》が興奮《こうふん》して、声《こえ》をあげたとき。

「ふたりとも、もっと静《しず》かに話《はな》さないと。大人《おとな》たちに気《き》づかれちゃうよ」

あらわれたのは、ねまきすがたのナッティ姫《ひめ》でした。

「カスタードの具合《ぐあい》が心配《しんぱい》で、ねむれなくてね」

こんな真夜中《まよなか》に、オパールやカスタードのことを考《かんが》えて、親身《しんみ》になってくれる仲間《なかま》がいるのだと思《おも》うと、心《こころ》の底《そこ》にほのかな希望《きぼう》がわきあがってきます。

今《いま》までそうだったから、とか、大人《おとな》たちがむずかしいというからといって、決《き》めつけたり、あきらめたりしてしまうのは、まだ早《はや》いのかもしれません。

三人《さんにん》はカスタードをつれて、マヤ姫《ひめ》のいるお部屋《へや》に集《あつ》まります。

お城《しろ》をぬけだす作戦《さくせん》をいうと、マヤ姫《ひめ》も力強《ちからづよ》くうなずいてくれました。

「小川《おがわ》の中《なか》へ落《お》とした虹色《にじいろ》オパールをひろいあげるには、すくい網《あみ》が必要《ひつよう》ね」

サマー姫《ひめ》は、思《おも》いきって、儀式用《ぎしきよう》のドレスを使《つか》うことにしました。

どろでよごれ、だいなしになったドレスには、

魚《さかな》とり用《よう》の網《あみ》に似《に》た、とてもかたいフリルがついているのです。

それをジョキジョキきって、ちくちくぬいあわせ、

定規《じょうぎ》のぼうとくみあわせたら……ちょうどいい、すくい網《あみ》の完成《かんせい》！

「儀式用《ぎしきよう》のドレスをきったりして、王妃《おうひ》さまがおこらない？」

マヤ姫《ひめ》が、心配《しんぱい》そうにたずねますが、

サマー姫《ひめ》の心《こころ》は、すでに決《き》まっていました。

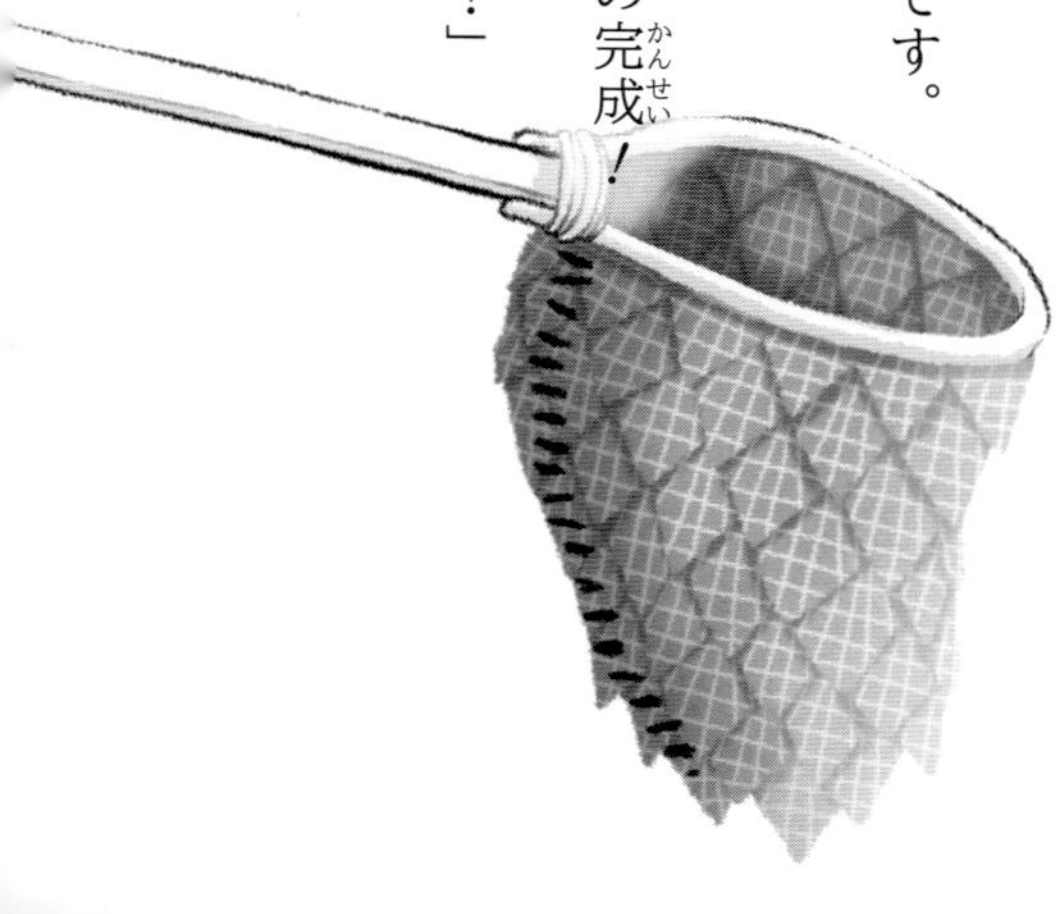

「もう、このドレスを着《き》るのは無理《むり》だったし、儀式《ぎしき》では別《べつ》の手《て》を考《かんが》えるから……。それに、今《いま》はカスタードを助《たす》けるために、すくい網《あみ》が必要《ひつよう》だもの」


くるしそうなカスタードに残《のこ》された時間《じかん》は、あまりありません。

病気《びょうき》の子《こ》を冒険《ぼうけん》へつれていくのはやめて、マヤ姫《ひめ》がカスタードにつきそい、お城《しろ》で待《ま》つことになりました。

ねまきのまま出発《しゅっぱつ》したサマー姫《ひめ》たちが、門《もん》を出《で》るまえにふりかえると、ぽつん、とひとつだけ明《あ》かりのついているまどがみえます。

カスタードとマヤ姫《ひめ》のいるお部屋《へや》でした。

「待《ま》っててね、カスタード」

そうつぶやいたサマー姫《ひめ》は、
オパールのパワーを確《たし》かめるため、
虹《にじ》の小川《おがわ》をめざして
ロザリンド姫《ひめ》、
ナッティ姫《ひめ》とともに
かけだしました。

三人《さんにん》は、静《しず》かなユーカリの森《もり》をかけぬけ、虹《にじ》の小川《おがわ》へとたどりつきます。

川《かわ》の水面《すいめん》は三日月《みかづき》に照《て》らされて、きらきらとかがやいていました。

サマー姫《ひめ》が、虹色《にじいろ》オパールをなくした場所《ばしょ》までやってくると……。

「ねえ、あれは……？」

川下《かわしも》の向《む》こう岸近《ぎしちか》くの水面《すいめん》に、ぼうっと白《しろ》い光《ひかり》がみえたのです。

「月《つき》の光《ひかり》じゃ……ないわよね？」

光《ひかり》はひとつではなく、水玉《みずたま》もようのようにたくさん、ゆらゆらゆれています。

やがて……その光《ひかり》は金色《きんいろ》にかわり、さらに緑色《みどりいろ》へとかわったのです！

8

いやしのパワー

サマー姫《ひめ》は、息《いき》をのみました。

あわい青色《あおいろ》に、燃《も》えるような赤色《あかいろ》、あたたかなオレンジ色《いろ》、すずしげな緑《みどり》色《いろ》……不思議《ふしぎ》な光《ひかり》は、次《つぎ》つぎにふうっと色《いろ》をかえていきます。

「これは……オパールの色《いろ》だわ」

おそらく、広《ひろ》がる光《ひかり》の中心《ちゅうしん》に、虹色《にじいろ》オパールがしずんでいるにちがいありません。

お父《とう》さまからきいた、いいつたえのとおり、
ふるさとである、虹《にじ》の小川《おがわ》の水《みず》にひたされ、
虹色《にじいろ》オパールの、ねむっていたパワーがめざめたのです！
よくみると、川《かわ》べりからとびだした木《き》の枝《えだ》に
ペンダントのくさりが、ひっかかっているのがわかりました。

虹色《にじいろ》オパールを持《も》って帰《かえ》るには、くさりを枝《えだ》からはずさなければなりませんが、すくい網《あみ》を使《つか》っても、こちら岸《ぎし》からは、どうしてもとどきません。

向《む》こう岸《ぎし》へわたる橋《はし》もあるのですが、ずっと遠《とお》くなので、時間《じかん》がかかります。

いっこくも早《はや》く、カスタードへ虹色《にじいろ》オパールをとどけたい三人《さんにん》は、話《はな》しあった末《すえ》、数日《すうじつ》まえ、サマー姫《ひめ》がぐうぜんにも近《ちか》くの木《き》に結《むす》んでブランコに使《つか》っていたロープを利用《りよう》することに。

木《き》に結《むす》んだロープにぶらさがって、ブーンと小川《おがわ》をとびこえようと決《き》めました。

「わたしが、いくわ。急《いそ》がなきゃ」

ほどいてきたロープを、川《かわ》べりのおおきな木《き》の枝《えだ》にしっかりとくくりつけ、岸《きし》から岸《きし》へ、勢《いきお》いよくとびこえようとしたとき。

「だめよ！　サマー姫《ひめ》」

声《こえ》をあげたのは、ナッティ姫《ひめ》でした。

「あなたが向《む》こうへわたったら、橋《はし》までまわり道《みち》をして、お城《しろ》へ帰《かえ》るのがおそくなる。いちばん早《はや》くお城《しろ》へもどる道《みち》を知《し》っていて、いちばん早《はや》く虹色《にじいろ》オパールをカスタードへとどけられるのはあなたよ。とぶのはわたしにまかせて」

いつもベストをつくしてくれるナッティ姫《ひめ》の勇気《ゆうき》が、むねにひびきました。


「いくよ。みんな、あぶないからはなれて」

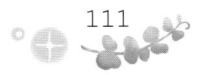

すくい網《あみ》と懐中電灯《かいちゅうでんとう》を片手《かたて》に、ナッティ姫《ひめ》がロープをにぎり……ジャンプ！

ナッティ姫《ひめ》は、水面《すいめん》ぎりぎりを通《とお》りこして……向《む》こうの川《かわ》べりに着地《ちゃくち》しました。

息《いき》をとめてみまもっていたサマー姫《ひめ》たちは、ひとまず、むねをなでおろします。

それからナッティ姫《ひめ》は、ごつごつした岩《いわ》の上《うえ》にひざをつき、すくい網《あみ》を、くさりのひっかかっている枝《えだ》に向《む》かってのばしました。

くさりが小川《おがわ》の底《そこ》に落《お》ちてしまわないよう、じょうずにバランスをとりながら、根気強《こんきづよ》くやりつづけ……とうとう、枝《えだ》からはずすことに成功《せいこう》したのです！

「やったよ！」

すると、ヒューッと風《かぜ》をきる音《おと》がして……つばさを広《ひろ》げた鳥《とり》があらわれました。

サマー姫《ひめ》の声《こえ》をききつけ、カンガがお城《しろ》のほうからとんできてくれたのです。

「カンガ、お願《ねが》い。ナッティ姫《ひめ》から虹色《にじいろ》オパールをうけとってきて！」

カンガは「おやすいご用《よう》！」とでもいうように、くちばしにくわえると、ナッティ姫《ひめ》の手《て》からサマー姫《ひめ》の手《て》へとはこんでくれました。

「ありがとう！　ナッティ姫《ひめ》。川《かわ》ぞいに進《すす》めば、橋《はし》がみえてくるから！」

サマー姫《ひめ》は虹色《にじいろ》オパールをにぎりしめ、ロザリンド姫《ひめ》とお城《しろ》へかけだします。

虹色《にじいろ》オパールは、サマー姫《ひめ》の手《て》の中《なか》で、あたたかなオレンジ色《いろ》からミステリアスなむらさき色《いろ》へと色《いろ》をかえていきました。
柱《はしら》のようにならんでいるユーカリの木《き》に、オパールの不思議《ふしぎ》な色《いろ》がうつっています。
まるで、魔法《まほう》をかけられた虹《にじ》色《いろ》の森《もり》にいるようです。

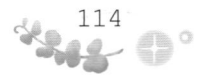

「ほんとうに、美《うつく》しい色《いろ》ね……これほどのパワーが発揮《はっき》されていれば、カスタードは助《たす》かる気《き》がするわ」

うしろを走《はし》るロザリンド姫《ひめ》が、つぶやきました。

お城《しろ》まで、あともう少《すこ》し。

「カスタード、待《ま》っていてね」

静《しず》かな森《もり》に、サマー姫《ひめ》たちの足音《あしおと》だけがひびいています。

お城《しろ》へ着《つ》き、お部屋《へや》へとびこむと、泣《な》きそうな顔《かお》のマヤ姫《ひめ》が待《ま》っていました。

「みんなが出発《しゅっぱつ》したあと、カスタードの容体《ようだい》が、ますますひどくなったの……ミルクも、全然口《ぜんぜんくち》に入《い》れてくれなくて」

目《め》をとじているカスタードのむねに指《ゆび》をあてると、かすかな動《うご》きがあるだけ。

「がんばって。きっと、助《たす》けるからね」


サマー姫《ひめ》は、虹色《にじいろ》オパールのくさりを、カスタードの首《くび》にかけました。

そのまま、何《なに》か変化《へんか》がおとずれることを待《ま》ちますが……。

おかしなことに、しばらくたっても、カスタードはぐったりしたままです。

「いやしのパワーはどうしたの？　何《なに》も起《お》こらないなんて……」

早《はや》く、くるしみからすくってあげたいのに……虹色《にじいろ》オパールを体《からだ》にあてるだけでは効果《こうか》はないのでしょうか。

サマー姫《ひめ》はあせる気持《きも》ちで、オパールを、カスタードの顔《かお》に近《ちか》づけてみます。

虹色《にじいろ》の光《ひかり》を感《かん》じたのか、カスタードがゆっくりと目《め》をあけました。

つぶらな黒《くろ》いひとみで「なんだろう？」というように、じいっとその光《ひかり》をみつめています。

そして、目《め》のまえの虹色《にじいろ》オパールを、ぺろっとなめたではありませんか！

次《つぎ》のしゅんかん、サマー姫《ひめ》は、息《いき》をのみました。

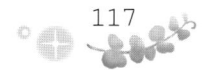

ーッ

強《つよ》くなった光《ひかり》が、カスタードの体《からだ》にすいこまれていきます。
まるで、この世界《せかい》のすべての病気《びょうき》をいやす、
希《き》望《ぼう》のパワーがそそがれているかのようです。

やがて、虹色《にじいろ》の光《ひかり》はだんだん弱《よわ》くなっていき……いつもどおり、ミルク色《いろ》をしたオパールへと、もどりました。


カスタードはというと……目《め》をぱちっとあけて、サマー姫《ひめ》をみています。

そして……パタパタパタッと元気《げんき》よく、手足《てあし》を動《うご》かしたではありませんか！

ロザリンド姫《ひめ》がほにゅうびんのミルクをあげると、勢《いきお》いよく飲《の》みほします。

虹色《にじいろ》オパールの、いやしのパワーが、カスタードをすくったのです！

「それにしてもまさか、オパールをなめると、いやしのパワーの効果《こうか》があらわれるなんてね……カスタード以外《いがい》、だれも思《おも》いつかないアイディアだわ」

ロザリンド姫《ひめ》が、おもしろそうにクスクスと笑《わら》っています。

好奇心《こうきしん》いっぱいのカスタードだからこそ、ぐうぜんに虹色《にじいろ》オパールのパワーをひきだせたのかもしれません。


夜明《よあ》けが近《ちか》いのか、まどの外《そと》がうっすらと明《あか》るくなってきました。

「ただいま〜！　カスタードの具合《ぐあい》はどう？」

橋《はし》をわたったナッティ姫《ひめ》も、頭《あたま》に葉《は》っぱをつけてもどってきて、ひと安心《あんしん》。

サマー姫《ひめ》たちは、虹色《にじいろ》オパールの奇跡《きせき》がどんなにすごかったかを話《はな》しました。

それから四人《よにん》でカスタードをかこむように、ねむりにつきます。

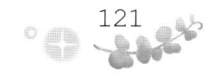

獣医《じゅうい》でさえ、「かんたんにはなおせない」と診断《しんだん》したカスタードの病気《びょうき》。大人《おとな》たちが無理《むり》かもしれないと思《おも》っていた命《いのち》だって、すくえることもあるのだと、サマー姫《ひめ》は知《し》りました。

(今《いま》まで無理《むり》だったことは、これからも無理《むり》、と思《おも》いこんでいたけれど……まちがっていたんだわ。決《き》まりごとだからさからえないというのも、ただの思《おも》いこみなのかしら。だとしたら儀式用《ぎしきよう》ドレスのことも……うまくいくかもしれないわ)

サマー姫《ひめ》のむねにも、まるで虹色《にじいろ》オパールの、いやしの光《ひかり》がさしこんだかのように、きらきらと希望《きぼう》がみちていきます。

9

かくごの朝《あさ》

朝《あさ》、目《め》がさめると、まぶしい日《ひ》ざしがカーテンの間《あいだ》からそそいでいました。

「おはよう、王女《おうじょ》さまたち。いっしょにねむるなんて、仲《なか》よしね」

お母《かあ》さまのクスクス笑《わら》う、明《あか》るい声《こえ》がきこえます。

「カスタードの具合《ぐあい》は、どう？」

たずねられたサマー姫《ひめ》は、はっとして、となりを確《たし》かめました。

カスタードはもう起《お》きて、元気《げんき》にパタパタと手足《てあし》を動《うご》かしています。

虹色《にじいろ》オパールのいやしのパワーは、夢《ゆめ》ではなかったようです。

「おなかがすいているみたい。元気《げんき》なしるしだわ」

サマー姫《ひめ》がこたえると、お母《かあ》さまも、ほっとしたようにほほえみました。

「よかったわ。空《そら》とぶ獣医《じゅうい》のくれたお薬《くすり》が、よくきいたのね」


朝食《ちょうしょく》のあと、四人《よにん》のところへお父《とう》さまがやってきました。

「コアラのかんびょうが、うまくいったようだね。すっかり元気《げんき》になった」

虹色《にじいろ》オパールの奇跡《きせき》を話《はな》したら、きっとお父《とう》さまは信《しん》じてくれるでしょう。

でも……四人《よにん》は、ほんとうのことをだまっていようと決《き》めていました。

真夜中《まよなか》の冒険《ぼうけん》は、ティアラ会《かい》だけのひみつなのです！


「サマー、写真《しゃしん》をとる時間《じかん》よ。おしたくなさい」

お母《かあ》さまにいわれ、部屋《へや》へもどったサマー姫《ひめ》は、あるドレスに着《き》がえました。

うまくいくかどうかは、わかりません。

でも、かくごを決《き》めたサマー姫《ひめ》の心《こころ》はもう、ゆるぎませんでした。

「さあ、いくわ」

最後《さいご》に虹色《にじいろ》オパールのペンダントをまっすぐになおすと、立《た》ちあがります。

十《じゅう》二《に》さいの特別《とくべつ》な誕生日《たんじょうび》に着《き》る
おひろめのドレス。
わたしの成長《せいちょう》ぶりをみてもらう
とてもだいじな衣《い》しょう……。

だからこそ
わたしは、
ほんとうの自分《じぶん》が
つたわるすがたで
国《くに》の人《ひと》びとのまえへ
出《で》たい。

たとえ、これまでの
決《き》まりごととちがっていたとしても、

このドレスこそが
今《いま》のわたしらしい、
最高《さいこう》の一着《いっちゃく》だから……。

「お待《ま》たせしました、お母《かあ》さま、お父《とう》さま」

マヤ姫《ひめ》、ナッティ姫《ひめ》、ロザリンド姫《ひめ》にみまもられ、サマー姫《ひめ》は進《すす》みでます。

サマー姫《ひめ》の選《えら》んだドレスは、風《かぜ》にゆれる、軽《かろ》やかなデザインでした。

これまでの王女《おうじょ》さまたちが着《き》てきたような、おおげさなかざりや、ふくらみすぎたおおきなそで、ずっしりと重《おも》みのあるスカートはありません。

けれども、赤《あか》いチェリー色《いろ》をしたそのドレスは、大人《おとな》になりかけたサマー姫《ひめ》の、まよいのない、りんとした美《うつく》しさを、とてもよくきわだたせていました。

はたしてお母《かあ》さまは、どんな反応《はんのう》をするでしょうか……？

10

お母《かあ》さまの反応《はんのう》

サマー姫《ひめ》は、きんちょうした顔《かお》で、
お母《かあ》さまをみつめます。
（しかられてしまうかしら……？）
かくごしていたサマー姫《ひめ》ですが……
思《おも》いがけない反応《はんのう》が待《ま》っていたのです。
「まあ、みんな、とてもかわいいわ」
お母《かあ》さまも、チェリー色《いろ》のドレスを
気《き》に入《い》ってくれたのでしょうか。
しかられるどころか……。

「そうだわ。王女《おうじょ》さまたちも、写真《しゃしん》に入《はい》ってくださる？」

ナッティ姫《ひめ》たちといっしょに、写真《しゃしん》をとれることになったのです！

カメラのまえに立《た》ったサマー姫《ひめ》は、だまって髪《かみ》をなおしてくれているお母《かあ》さまの手《て》からつたわってくるやさしさに、むねがいっぱいになりました。

（お母《かあ》さまは、わたしらしいドレスも、ナッティ姫《ひめ》たちとのだいじな友情《ゆうじょう》も、国《くに》の人《ひと》びとにおひろめしていいって、みとめてくれたんだわ！）

すべてがうまくいっているように思《おも》えましたが……そうではありませんでした。

「さあ、みなさま。ご準備《じゅんび》はよろしいですか？　にっこり笑《わら》って〜」

ガーッ！

ビル・フレックさんが合図《あいず》をし、カメラをのぞきこんだとき、カンガが「ぼくもまぜて！」というように、サマー姫《ひめ》のかたにとまったのです。

お母《かあ》さまがあわてて、かけよってきます。

「だめよ、だめ！　王室《おうしつ》の重要《じゅうよう》な写真《しゃしん》にオウムが入《はい》るなんて、さすがにおかしいわ」

シッシッと、カンガをおいはらおうとしているではありませんか。

「王室《おうしつ》の写真《しゃしん》は、いつだってりっぱでなくてはいけないのよ」

サマー姫《ひめ》は思《おも》わず「お願《ねが》い！」とさけびました。

「お母《かあ》さま。わたしね、よく考《かんが》えたの。この伝統儀式《でんとうぎしき》の目的《もくてき》が何《なん》なのか……」

誕生日《たんじょうび》の儀式《ぎしき》の目的《もくてき》は、王女《おうじょ》としての成長《せいちょう》を国《くに》の人《ひと》びとに報告《ほうこく》すること。

だから……。


「つくられたわたしでは、だめなの。

心《こころ》からしあわせな、わたしをみてもらいたいのよ」


サマー姫《ひめ》は、カンガをうでにとまらせます。

「この子《こ》は、わたしの大切《たいせつ》なお友《とも》だちだから。写真《しゃしん》に入《い》れさせてください」

そのひとみには、しっかりと考《かんが》えを持《も》った人《ひと》だけにやどる、ゆるぎないパワーがありました。

「いとしい王妃《おうひ》よ。国民《こくみん》たちは、動物好《どうぶつず》きな王女《おうじょ》のほうがよろこぶと思《おも》うぞ？」

「そうですとも、王妃《おうひ》さま。このオウムのつばさの色《いろ》は、よいアクセントになりますよ。かならずご満足《まんぞく》いただける写真《しゃしん》にしあげますから」

なんと、お父《とう》さまと、ビル・フレックさんが、味方《みかた》になってくれたのです。

「……みんなのいうとおりね。いいわ。サマーの思《おも》うとおりに、やってみなさい」

こうして、今《いま》までとはまったくちがう、新《あたら》しい儀式《ぎしき》の撮影《さつえい》がはじまりました。


カメラのまえに立《た》つサマー姫《ひめ》は、少《すこ》し大人《おとな》びた表情《ひょうじょう》をして、かがやいています。

むらさき色《いろ》のアメジストのティアラ
たからものの虹色《にじいろ》オパールペンダント
真《ま》っ赤《か》なリボンを巻《ま》いてアクセントに
大好《だいす》きな赤《あか》いチェリー色《いろ》
ベールをつけて特別《とくべつ》な儀式《ぎしき》におごそかさを演出《えんしゅつ》

Kanga カンガ

どこへでも
自由《じゆう》に
はばたいていく
つばさ

かしこくて
かわいい
お友《とも》だちよ

Summer サマー姫《ひめ》

持《も》っていたドレスを
儀式用《ぎしきよう》に
コーディネート
したの

ちょっぴり
大人《おとな》っぽく
みえるかしら

きのうまでの、あんなにゆううつで、いっこくも早《はや》くおわらせてしまいたかった気持《きも》ちは、いつのまにか、どこかへ消《き》えていました。

「さあ、それでは、とりましょう！　みなさん、こちらを向《む》いて～」

パシャッ。パシャッ。

シャッターの音《おと》が、心地《ここち》よく耳《みみ》にひびきます。

カンガも片方《かたほう》のつばさをあげ、一人《いちにん》まえのモデルのようにポーズをとりました。

「はい、最高《さいこう》のお顔《かお》で。ああ、いいですね～」

どうやら思《おも》っていたよりも、ずっとずっとすてきな写真《しゃしん》になりそうです。

11

テレビの放映《ほうえい》

その日《ひ》の夜《よる》おそく、王女《おうじょ》さまたちはテレビのまえのソファーにすわり、写《しゃ》真《しん》が放映《ほうえい》されるのを待《ま》っていました。

サマー姫《ひめ》のうでの中《なか》では、カスタードが、黒《くろ》い目《め》をくりくりさせています。

「あ、うつったわ！」

ナッティ姫《ひめ》の声《こえ》がはずみました。

テレビのニュースキャスターが、うれしそうに話《はな》しはじめます。

「それでは、美《うつく》しく成長《せいちょう》されたサマー姫《ひめ》さまのおすがたを、ごらんください。ご友人《ゆうじん》のマヤ姫《ひめ》さま、ナッティ姫《ひめ》さま、ロザリンド姫《ひめ》さま……すばらしいかたがたにかこまれ、おしあわせそうですね。オウムはカンガという名前《なまえ》だそうです」

お父《とう》さまとお母《かあ》さまが、紅茶《こうちゃ》を手《て》に、満足《まんぞく》そうにほほえんでいます。

こうして、サマー姫《ひめ》は、今《いま》までだれもためしたことのなかった新《あたら》しいやりかたを提案《ていあん》し、みごと、大成功《だいせいこう》をおさめたのです！

これまでサマー姫《ひめ》は、国《くに》の伝統《でんとう》や決《き》まりごとに、すなおにしたがってきました。だれかの決《き》めたことに流《なが》される道《みち》を選《えら》び、たとえ自分《じぶん》が「ちがう」と感《かん》じることがあっても、いってはいけないわがままとがまんして、口《くち》をつぐみました。

でも……「ちがう」「かえたい」と感《かん》じる気持《きも》ちは、とても大切《たいせつ》なこと。

今《いま》まであたりまえといわれていたものをみなおし、新《あたら》しいやりかたにあらためていく、きっかけになる場合《ばあい》だってあるのです。

自分《じぶん》にいちばんふさわしいドレスで儀式《ぎしき》にのぞむことができた、サマー姫《ひめ》。

それは、サマー姫《ひめ》が心《こころ》の真実《しんじつ》から目《め》をそらさず、儀式《ぎしき》をおこなうほんとうの意《い》味《み》をきちんとふまえ、自分《じぶん》らしいと思《おも》うやりかたをみつけたからこそ。

かわいくて、かしこくて、勇気《ゆうき》ある女《おんな》の子《こ》なら、だれだって、ものごとの目的《もくてき》を考《かんが》え、今《いま》、自分《じぶん》のすべきことは何《なに》かをみつける力《ちから》があるのです。

ミラニア王国《おうこく》の王室《おうしつ》の写真館《しゃしんかん》には、赤《あか》いチェリー色《いろ》の、軽《かろ》やかなドレスを着《き》た王女《おうじょ》さまの写真《しゃしん》が、新《あたら》しくかざられました。

きらきらと目《め》をかがやかせるサマー姫《ひめ》のそばには、友情《ゆうじょう》で結《むす》ばれた仲間《なかま》たちと、おちゃめなオウムのすがたがあります。

古《ふる》いしきたりをぬりかえ、王室《おうしつ》に新《あたら》しい風《かぜ》をとりこんだ、サマー姫《ひめ》の表情《ひょうじょう》は、王女《おうじょ》としてのほこりにみちていました。

「ほんとうに美《うつく》しいものというのは、みえない内《うち》がわにこそ、強《つよ》いパワーを持《も》っているものだ」

お父《とう》さまのハーバート王《おう》が虹色《にじいろ》オパールの話《はなし》のときにいった、この言葉《ことば》のように、今《いま》では外見《がいけん》の美《うつく》しさだけでなく、強《つよ》い心《こころ》のパワーもあわせもった、サマー姫《ひめ》。

きっと、もう、だれがみても〝りっぱな王女《おうじょ》〟にちがいありません。

さて。サマー姫《ひめ》の誕生日《たんじょうび》のお話《はなし》は、これでおしまい。

四人《よにん》の友情《ゆうじょう》はまだまだつづき、〝ロイヤル・アカデミー〟という学校《がっこう》で、新《あたら》しいお友《とも》だちや年上《としうえ》の王女《おうじょ》さまたちとも出会《であ》うのですが……。

そのお話《はなし》は、また、いつかのお楽《たの》しみに。

思《おも》いきった

提案《ていあん》こそが
今《いま》をかえる
きっかけに
なるの。

Princess of Tiara

ティアラ会《かい》おまけ報告《ほうこく》

お話《はなし》でしょうかいしきれなかったうら話《ばなし》を、あれこれレポートします。

→
このあと向《む》こう岸《ぎし》から
たったひとり、暗《くら》い道《みち》を
もどってきて…えらい！

岩《いわ》から岩《いわ》へとぶ、危険《きけん》なちょうせんだったの！
雨《あめ》のあとだから、小川《おがわ》の水面《すいめん》は高《たか》くなっているし、
暗《くら》くて、くさりを枝《えだ》からはずすのも、ひとくろうでした。

ナッティ姫《ひめ》、勇気《ゆうき》のジャンプ！

病気《びょうき》がなおったカスタードは…

ほにゅうびんで
ミルクを飲《の》む
すがたにキュン！
おなかをなでると
ふわふわ～
→

おしりを
下《した》からささえて、
かたによりかからせるように
← だっこするのよ

森《もり》へもどれるくらい元気《げんき》になったカスタード。お母《かあ》さんをさがしにいくと、木《き》からおおきなコアラがおりてきました。

おたがいににおいを
かいで、
確《たし》かめ
あって
いたよ
↓
kun kun

大好物《だいこうぶつ》！
ユーカリの
葉《は》っぱ
→

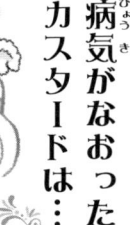

どしゃぶりあとのなぐさめスープ

ずぶぬれで、儀式用《ぎしきよう》ドレスをだめにしてしまったときにいただいたトマトスープ。心《こころ》にしみわたりました。

お母《かあ》さまぁ
おいしいよう…

森《もり》の精霊《せいれい》!? ポッサム

ロザリンド姫《ひめ》は、森《もり》の動物《どうぶつ》たちの中《なか》でポッサムがいちばん気《き》に入《い》ったんですって。

↑しっぽふさふさ！ 鼻《はな》はピンクよ。
ユーカリの森《もり》でたくさん出会《であ》いました

きんちょうのテレビ放映《ほうえい》

写真《しゃしん》がテレビにうつるまえは、みんなでわいわいおしゃべりをしながら、ドキドキ待《ま》っていました。

サマー姫さまバースデー
わたし写真《しゃしん》とってもらうの大好《だいす》きなの
ukiuki
wakuwaku
チェックしてテレビ局《きょく》にわたしたからだいじょうぶよ
テレビにうつるなんてはじめてよ～
ははは。みんなわが国《くに》で有名《ゆうめい》になれるね
写真《しゃしん》とるときいつも目《め》をつぶっちゃうの。だいじょうぶかしら
ukiuki
dokidoki
sowasowa

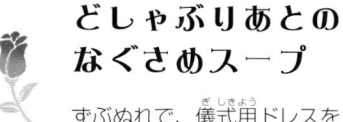

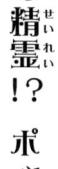

原作：ポーラ・ハリソン

イギリスの人気児童書作家。小学校の教師をつとめたのち、作家デビュー。
本書の原作である「THE RESCUE PRINCESSES」シリーズは、
イギリス、アメリカ、イスラエルほか、世界で130万部を超えるシリーズとなった。
教師の経験を生かし、学校での講演やワークショップも、精力的にとりくんでいる。

THE RESCUE PRINCESSES: THE RAINBOW OPAL by Paula Harrison

王女さまのお手紙つき
誕生日のおひろめドレス

2016年9月20日　第1刷発行

原作　ポーラ・ハリソン
企画・構成　チーム151E☆
絵　ajico　中島万璃

翻訳協力　池田 光
作画指導・下絵　中島万璃
編集協力　谷口晶美
石田抄子
池田 光

発行人　川田夏子
編集人　小方桂子
編集担当　北川美映
発行所　株式会社 学研プラス
〒141-8415　東京都品川区西五反田2-11-8
印刷所　図書印刷 株式会社　サンエーカガク印刷 株式会社

この本に関する各種お問い合わせ先
【電話の場合】
●編集内容については　TEL.03-6431-1615（編集部直通）
●在庫・不良品（落丁、乱丁）については　TEL.03-6431-1197（販売部直通）
【文書の場合】
〒141-8418　東京都品川区西五反田2-11-8　学研お客様センター『王女さまのお手紙つき』係
この本以外の学研商品に関するお問い合わせは下記まで。
TEL.03-6431-1002（学研お客様センター）

学研グループの書籍・雑誌についての新刊情報・詳細情報は、下記をご覧ください。
学研出版サイト　http://hon.gakken.jp/

王女《おうじょ》さまから お手《て》紙《がみ》です
お話《はなし》のあとに
ごらんください

ティアラ会《かい》